詩集

わたしと世界

目次

Ⅱ

詩集　わたしと世界

小田切敬子

序詩　鳴りはじめた

膝《ひざ》にのってくる猫
鼻翼《びよく》をかすめる蝶
柳にまつわりつく風

あれが　音楽だと

あとを追う視線
からだをたしかめる掌《てのひら》
首すじにはりつく頬

それが　音楽だと

舞いあがる髪
盛りあがる湖面
水琴窟《すいきんくつ》をうたわせる涙

これが　音楽だと

ほどかれた抱擁《ほうよう》の記憶が
今タクトを振りおろし
世界を　交響曲にかえる

I

鏡

はじめて鏡の中の自分に会ったのは
いつのことだろう
その日の記憶はない
眉《まゆ》を引き
瞼《まぶた》に影を入れ
唇に紅をさす
顔
一生己の眼でとらえることなく終わるのだ

大きな鏡を求めた
嫁入りの日　母がもたせてくれた訪問着

袖を通したのは　片手の指ほどの回数
濃い桐《きり》の花色に染めかえして
惜しみなく着ようとおもいたった
ひとりで襦袢《じゅばん》をつけ
帯も結んでみようと

等身大の姿見は中国製で
夫とふたりやっともちあがる重さ
畳の一部屋に納まると
父の箪笥《たんす》の金具を沈めて
大きな湖が立ち上がった
今朝肌着を拾おうとうつむいて
ななめに見上げた角度に
うす灰色の背中が映っていた
いっしょに生きてきていたのに

はじめて目にした背中

西安《しいあん》でだったか
仁川《じんせん》でだったか
母に似た面影《おもかげ》のひとに出会って
地上が胎内のように思われた旅の日そのままに
えたいのしれないやすらぎが
いつまでも寄りそって消えない

もしも映すことなく長じた人が
はじめて己の顔を見たとしたなら
その感慨はどんなものなのだろう

よろこびに似ているのだろうか
かなしみにちかいのだろうか

蝶

「痛みがとれたのなら　立ってごらん」
水は　誘った
地面から手を離して　膝の上に　上半身をのせると
鎧《よろい》橋から兜《かぶと》橋まで　ヨチ　ヨチ　と　歩いて　いった
浅瀬に　大腿骨　骨頭のシルエットした
真っ白な鷺《さぎ》が　立ちつくしている

「痛みがなくなったのなら　歩いてごらん」
風は　誘った
兜橋を過ぎて　鶴見橋まで

杖と　脚　とが　歩いて　いった
空には　くさび形した
真っ白な雲が　寝ころんでいる

「痛まないのなら　もう一つ遠くまで　行ってごらん」
蝶は　誘った
郷見橋《さとみ》の方へと　あとを　ついて　いった
壊死《えし》した骨組織に似た　枯れ草が
水に　もつれて　なびいている
朝焼けいろの　蝶
夕焼けいろの　蝶
尾をつなぎあって　はなれない

歩く　とは
飛ぶ　こと

郷見橋の先には
本村橋があって
本村橋の先には
参道橋があって

レントゲン写真の
白黒の光の奥へと
もっと　奥へと
蝶は

虹色の血

（天使記念日の朝に）

モスグリーンの椅子がひとつ
赤芽ソロの枯れ葉に埋まっている
椅子には虹が腰掛けている
少し揺れながら
ポツンと

ためらいながら腰を降ろすと
虹は膝《ひざ》に這《は》いのぼってくる
天使は居るんだな
心臓にポツリと穴があいて

天使がその隙間《すきま》を埋める

いつかの夏
ガンジス川を小さな木船でくだった
上流で流した
マリーゴールドの花輪が追いついてきた
その時にも聞いたのだ
耳殻の奥に穴が空いて
そこに天使がもぐり込む気配を

枯れ葉が天から降ってくる
六十八年間を拡げた空いっぱいに
星の数と同じだけ
枯れ葉は空を敷きつめる

赤・黄・橙《だいだい》の枯れ葉から
天使のひとりごとが漏れてくる
伏したまつげのシルエット
笑っている八重歯《やえば》がキラッと裏返る

膝に居た虹は胸元へと這いのぼってゆき
襟元《えりもと》から肌へとおりてゆく
肌の温みにゆっくりと溶けていって
内臓へと染みこんでゆく

虹色の血管が
ぴくんぴくんと脈打ちはじめる

目の花

水晶体再建術・眼内レンズ挿入

目の花を摘《つ》みに
葉っぱの舟でいきましょう
朴・しらかし・栗・すだじい・山法師・にせうるし
まるいの・長いの・やわらかいの・ちいさいの
うまくくみあわせ
きっちりと編みこんだ
葉っぱの舟を　浮かべましょう

＊

スカイブルー
すきとおった　目の花は
琥珀色《こはくいろ》した　ふちどり
水玉が　つながって　泳いでいく

＊

ガラスのメスだ
ガラスの針だ
濃い闇をめくり
薄い闇をめくり
おりかさなった闇をかいくぐって
海の底の底から　摘み取ってきた
目の花

＊

一枚の葉に　一滴の雨
森じゅうの葉に　一滴ずつの　めぐすり
ひとつの眼球に　一滴のめぐすり
生まれたての涙に
ふるえながら盛り上がってゆく
生まれたての視野

胃への返信

わたしは　まちがっておりました
ヨーガの日だから　朝食抜き
これは常のことですが
昼食
西海ラーメンで　赤玉をたべました
カンスイ入り
トウガラシ入り
これが第一の罪

夕方

ヴィオレット
飛び込みの喫茶店で
抹茶ケーキ
アイスコーヒー
これが第二の罪
まだ解凍しきっていない
濃緑《のうりょく》の猛毒

これらがいまわたしの胃を
痙攣《けいれん》させている

おまえの胃も年をとっている
手の甲をおおうしみとしわ
きこえない耳
みえない目

胃だとて同様
無理を押しての働きだ
いかりのメッセージに向けて
左の足裏の土踏まずを押して
愚かな女からの詫《わ》びの　返信

申し訳ない　胃さん
わたしはバカでした
家にもどって
心からのカレイの煮つけ
玄米まじりのごはん
さといもの　みそしるを
いただくべきでした

もう二度とおろかなことをしませんので

今回はこれにてお許しを
モミモミ
グダグダ
グダグダ
モミモミ

女・ウエスト周辺

土星の胴まわりを飾る帯は
無数の月のかけらです
女の胴まわりをめぐる帯は
吾子を受け止めて
ゆらゆら揺すった十月《とつき》十日のなごりです

血をわけて
骨をわけて
こねあげた吾子です
祖母の祈り
名も知らぬ女の祈りまでも

たっぷり鋤《す》き込んでこねあげた吾子です

魚は鰓《えら》を捨て
臍《へそ》の緒《お》を捨て
吾子となり
今や人の世を闊歩《かっぽ》する
すっきりなめらか
彫り上げたアラバスター
胴回りから臀部《でんぶ》まで
惜しみなくパンツからはみ出させて

その昔潜《もぐ》りくぐった祈りの星雲
抱き止めて揺れ続けた温いハンモック
未明のうちに手渡された数々の贈り物を
細いヒールで蹴散《けち》らしながら
婚姻・懐妊なにするものぞ・と

この夏

黒
白
レース
濃紺《のうこん》に白の縁《ふち》どり
海辺に泡立つ渚
小さなパラソルがひしめく夏だった

北極の氷塊《ひょうかい》は
例年の１／３
白熊は

まだパラソルは要らないが
寝返りを打つ場に困って
爪の先まで青ざめている

炎の渦にぐるぐる
巻き込まれてゆくパラソルを眺めながら
小さなちいさな絵日傘を探している
七十年前
神社の縁日で
買ってもらった絵日傘
あれは箪笥の底に
まだあったのだろうか
母がさしたまま
昇天していったのだったろうか……

音信

生まれてはじめて記憶された花は
ひらつかの玄関にあった　ヤツデの花
手鞠のような花をめぐる　蜂《はち》の羽音

さむかわの庭をうずめていた
さくらそう・ちんちょうげ・あまりりす・こすもす
着るものも　食べるものもない　敗戦の庭に
花だけが　あふれていた

つるまの　広大な開拓地を縁取る緋《ひ》ももの花

重く揺れる山百合《やまゆり》の房《ふさ》
香りたつ藤の花房
門まで続くてっぽうゆりの隊列

みんな父が咲かせていたのだ
父の死後　四十余年を経て
はじめて思い至る
若い日の娘は
酒乱の父に憎しみとさげすみとしか　みせなかった

父の死んだ年頃になって　己の庭に
ちんちょうげの花苗を植え
てっぽうゆりの球根を埋める

澄んだ香りを胸いっぱいに満たしていると

立ち昇ってくる源がみえてくる
花は　だまって　まっていてくれたのだ
憎しみも　さげすみも　こやしに　かえて
澄んだ香りで　語りかけていける　その時　を

苔の花

四国巡礼　第四十五番札所　岩屋寺は
山また山を登ってゆく
山門の額に「海岸山」とある
弘法大師が詠んだそうな
　山高き谷の朝霧海に似て
　まつ吹く風を波にたとえむ

びっしりと並んだ地蔵尊に挨拶《あいさつ》しつつ
一段　また　一段　石段を登ってゆく
松風にゆすられ
霧に浸され

時に紡《つむ》がれた苔《こけ》が
地蔵といわず　石柱といわず
覆いこめている

枕ほどの石柱がならびあい　倒れかかり
もたれかかり　ひしめきあっているところから
ささやく気配が　たちのぼってくる

ライビョウを病みましたの
わたしは　ハイビョウ
なおらないとわかっていましたから
経帷子《きようかたびら》を身につけて
わずかなたくわえをずだ袋に　家を出ました
お役人さんは　死出の者には　捨て手形を
工面してくれましたから

関所を越えて　ゆけました
吐く息も　吸う息も　絶え絶え
たどりついたここで　いったん腰をおろすと
もう立てません
覚悟のことではありました　が
懐《ふところ》に残るわずかなものに合わせて
むらびとたちは　わたしらを葬ってくれました
霧はあまい
苔は温かい
苔には花が咲き
行き倒れたわたしらを　やさしく撫でてくれる

ハラリと粉雪の消え残る参道に立ちつくし
ふとかんがえたこと
「さて　わたしらは
これからどう葬られましょうか・・・・」

踊る

緋寒ざくらが咲いている
河津ざくらが咲いている
吉野ざくらは既に幹を咲かせている
あたりから押し寄せる
うすぎぬ緋いろに
しぼりこまれた空白
さかさまに映った柳が
しずかにわたしをかきまわしている

むかしからここのひとは
花をみれば死を詠《うた》った

草が化けて花と開いて
花は導いて
生を死へと送り届ける

はなびらが
メメントモリをうたいあげるしたで
漆《うるし》のお重を広げ
菜の花のお浸しを噛みしめ
筍のえぐみをころがす

それから
あの世からのひとも
この世からのひとも
はなびらの降り込む境に
立っていって
ゆらゆらと手招きしあう

席

立つや　手をさしだして
席をすすめてくれました

ありがとう
よろこぶや　すわりました

ゆずってくれたのが　片目のあかないひとでしたから
わずかに開いた　もう片ほうの眼が
帽子の下の　わが白髪を
めざとくみつけてくれたのでしょう

目の不自由な男と
七十女と
どちらに　ふさわしい席なのか

ふとみる隣には
指に指輪　手首に腕輪
首に首かざり　耳に耳かざり
宝石箱のような少年が
からだじゅうに銀ぐさりを垂らして
眠りの沼底に沈み込んでいます
開きかけた唇はヒヤキントスそのもの
椅子は底知れぬ若い疲労に　ずっしりと
深く深く　くぼんでいたのです

チョキ　チョキ

障子《しょうじ》が破れたときにも
チョキ　チョキ
梅の花を切り抜き
菱形《ひしがた》を切り抜き
すきま風をやりすごしていた
おかあさん

身体が麻痺《まひ》したときにも
チョキ　チョキ
海草を切り抜き

ハートを切り抜き
ドキドキを　つきすすんで行った
マティスさん

おもいが　こんがらかったときにも
チョキ　チョキ
矢車菊を切り抜き
スプーンを切り抜き
阿多多羅山《あたたらやま》の空気を吐いて　吸っていた
智恵子さん

あんどんや　ちょうちんや
うちわや　ふすまや
手習いの　反古紙《ほごがみ》をちぎって
かゆの　おねばで　つくろっていたのは

そのかみの　わたしか

今朝も　愁いを　切り抜いて
チョキ　チョキ
蝶をとりだして
チョキ　チョキ
とんでいる
とびまわっている

うたを書くとき

あなたが　詩をかいたのは　どんなとき？

まっかな稲妻が裂けて
ティンパニイが火花を散らして
宇宙が一声　ワオと叫んで
まっぱだかの　いのちが
両の掌に降ってきたとき

あなたが　詩をかいたのは　どんなとき？

くやしかったとき
ともだち・わたしたちを
あぶらむしででも　あるかのように
踏みにじり
頭ごしに　手を握りあい
きたない条約　むすばれちゃったとき

あなたが　詩をかいたのは　どんなとき?

骨がからっぽだとわかったとき
骨に穴をあけて
すわっていると
風が吹いてきて
きれいなうたが
湧き出している

Ⅱ

かんまん

かいがらが　すべってゆきます
かいがらが　もどってきます

ちゃぶだいが　すべってゆきます
ちゃぶだいが　もどってきます

こんぶが　すべってゆきます
こんぶが　もどってきます

じいちゃんが　すべってゆきます
じいちゃんが　もどってきます

あかちゃんが　すべってゆきます
あかちゃんが　もどってきます

となりぐみが　すべってゆきます
となりぐみが　もどってきます

むらが　すべってゆきます
むらが　もどってきます

こんなになっちゃってが　すべってゆきます
こんなになっちゃってが　もどってきます

もうもどれないが　すべってゆきます
もうもどれないが　もどってきます

なくすとちかったのだからが　すべってゆきます
なくすとちかったのだからが　もどってきます
ドイツもスイスもイタリアもが　すべってゆきます
ドイツもスイスもイタリアもが　もどってきます

だめなのかなが　すべってゆきます
だめなのかなが　もどってきます

あかちゃんのむらなのにが　すべってゆきます
あかちゃんのむらなのにが　もどってきます
あかちゃんのためなのにが　すべってゆきます
あかちゃんのためなのにが　もどってきます

ごめんなさい

ごめんなさい　ちいさな　さかなたち
ごめんなさい　乳を棄てられてしまった　母牛たち
ごめんなさい　首輪を解かれた　犬たち
ごめんなさい　みすてられてしまった　猫たち
ごめんなさい　糞の中に　たちあがろうとしては
たちあがれずに　骨になっていった　牛たち

ごめんなさい　刈られて　すてられてしまった
　ほうれんそうたち
ごめんなさい　むしられて　ねかされた　キャベツたち
ごめんなさい　つりあげられなかった　鮎《あゆ》たち
ごめんなさい　よいかおりをたてる前に　すてられてしまった
　お茶の葉っぱたち

人間が亡びてみたとて
もどってくるものではないけれど

すべては　人間の中の海でのできごと
すべては　人間の中の畑でのできごと
ごめんなさい　畑たち
ごめんなさい　海たち

三匹の猿

まだ　大丈夫だろう　と　見ざるが　いった
まだ　大丈夫だろう　と　聞かざるが　いった
まだ　大丈夫だろう　と　言わざるが　いった
まだ　大丈夫だろう　と　わたしは　すがった

今朝の　新聞に　数字が　報道されていた

福島第一原発２号機
海側の坑道で採取した水　一リットルに　含まれる
物質に関わる　数字

セシウム134　7億5千万ベクレル
セシウム137　16億ベクレル
セシウム　23億5千万ベクレル
ストロンチウム　7億5千万ベクレル

億といえば　大層な　量ではないか
ベクレルという言葉が　聞き慣れないものだからと言って
無視を決めこんでいても　いいのだろうか

いくら海が広いからといって
いくら海が深いからといって

億の単位の放射性物質が
日本列島をつつむ　海水に　流れ出したのだ
億の単位の放射性物質が

わたしの住む町をつつむ　海水に　いまこの時
流れ出しつつあるのだ

海は死にかけても　じぶんの仕事だから
忠実に　鼓動をうち続けている
波は　忠実に　混ぜあわせ続けている
波動は　忠実に　余所《よそ》の国までも　その波動を押し広げつづけている

そのなかに生きている　光る魚たちは
たくさんの毒をのまされて　キラキラと　私の口に
もどってくるだろう

まだ　大丈夫だと　ボスたちは　言っている
まだまだ　大丈夫だと　ボスたちは　言っている
本当のことを　言ったためしのない　ボスたちが
猿にも不明のことばで　言っている

足音

署名活動
「原発都民投票」を実現させよう！町田
２０１１年12月９日　開始
２０１２年２月９日　終了

原発直接投票条例
有権者２パーセントの署名をもって
東京都議会に要請する活動でした

東京都では22万人

町田市では６８５７人の署名が必要でした
結果町田市では１４３５７人が署名したのです
２０１２年２月20日
署名簿を町田市選挙管理委員会に提出しました

遅れる八王子市・府中市・三宅村の
署名期間が終了後
４月３日都全体足並みそろえて
東京都に提出です

これに署名なさった
あなた・あなた・あなた
あなたと同様　必要とされる人数の２倍の都民が
原発稼働についは自分で決めたいと

意思表明したのです

何でもおまかせ
親方依存の時代は閉幕

主権者わたし・わたし・わたし
の時代の　開幕です

きこえますよ！
あれは政治のための時間が
生活の中に駆け込んでくる
ステップ踏む足音

川内原発運転差し止め判決要旨

小田切詩設裁判所
裁判長　小田切敬子
原告　川内《せんだい》原発半径30㎞住民
被告　九州電力

訴状　九州電力は川内原発を稼働させないで下さい

判決主文　被告は鹿児島県薩摩川内市に設置されている川内原発を川内原発から半径30㎞に住む7市21万余人の各原発に対する関係で運転してはならない

理由1　憲法の条文をとくと読み返してみましょう
憲法13条　個人は尊重され幸福は追求され
　公共の福祉はまもられねばならない
憲法25条　生存権はまもられねばならない

理由2　予告は不可能
二〇一四年九月長野県と岐阜県の間の木曽御
嶽山が噴火　たくさんの人が亡くなる
川内原発周辺の桜島・開聞岳・霧島・阿蘇山
好きな時に好きなだけ火を噴く魂胆
原発が　せっせとはたらいていたら
花嫁列島を放射能ベールで　すっぽりつつむ

理由3　福島県の現状

生きた地下水は凍結できたか
汚染水は　アンダー　コントロールか
畑や溝の削土をつめた真黒フレコンバッグ
村人が東電が総理が　愛想よく承諾《しょうだく》したか
「うちの庭に　さ　さ　どうぞ　どうぞ」
こどもらの甲状腺は　リンパ節は
瓦礫撤去《がれきてっきょ》に　タンク設置に　汗をかく
六千人の被曝労働者は
被爆古里に還っておいで手招きする札びらは

理由4

うたっているのは　べつのだれか
吐息とともに　ながれていって
しらずむねを侵す　シャンソン
あしたがなによ
いまがすべてよ

じゅごんのにちようび

二〇一五年一月二十五日　海の青を身につけて
国会議事堂を手の鎖で包囲して基地はいらないとアピールした

じゅごおん
おまえのすきな　こんぶの森にゆこう
くびにまき　こしにまき
やわらかにむすんでいると
わきばらがむずむずとしてくる
おまえのひれとよくにたものが　はえてきたよ

さあゆこう
ちかてつのいしだんをけれぱ　ふうわりとふじょう
ひらおよぎでひとかき　だれもかれも

こんぶをなびかせて　むれをなしてながれよっていく
ばかでかい　いしのかたまりのほうに
こんぶや　かいがらや　のりや　すきまなく
まといつかせて　さんごしょうになった　ぎじどうだね
ひかりをすかして　こんぶがしなる
わかくさ
ろくしょう
ぐんじょう
むげんのグラデーション

ごそうしゃがながれてゆく
もんぴがながれてゆく
だれをつかまえようというのかな
だれをおしかえそうというのかな
てをつないでまどからはいろう

ちらばるシャンデリア
まるでくだけちったくらげみたい
ここにいたひとたちも
あんこうとか　うみへびとか　くるまえびになって
およいでいるね

じゅごおん
てをつなげば　じゅごおん
くさりはちぎれる
ぶきはさびる
こっきょうはきえる
きちはとけさる

阿修羅さんに会いにゆく

カンダタがすがった蜘蛛《くも》の糸のように
阿修羅さんにつながってゆく人の列に
つながって
ずるずると
ついてゆく

ひとの渦の芯に立つ姿は
夕焼けの砂漠に
かすかに　揺れて立つ
一輪の　ケシ

殺したの？　阿修羅さん
コ　ロ　シ　マ　シ　タ　ヨ
幾人も？
カ　ゾ　エ　キ　レ　ナ　イ　ホ　ド

墜《お》ちてくる天を支えているのね
噴きあげる殺意　憤怒　憎悪　が
細い腕を天へと　つきさすのね
かわいそうな阿修羅さん
その薄い　幼い　背をみれば
涙にじむ

若いアレン・ネルソンさんも殺したよ
自棄が引き金を引かせ

恨みが引き金を引かせ
かぞえきれないほど殺したよ
ベトナムを包んだ紅蓮《ぐれん》の炎

殺したけれど
殺したから
あえぎつつ
告げてまわった
「戦《いくさ》は悪」
わたしの棲むまちにもやってきて
さらけだせるだけの恥をさらけだし
ギターにのせたバスで
アメージング・グレイスを唄った

こわかったけれど握手を求めた

（今がその時）
人を殺したその手に
心が一瞬　身を投げた
悔いも哀しみも発酵《はっこう》して
ぶあつく　あたたかかった
その手
しぼんでいって　祈る形になった

ネルソンさん
釈亜蓮・ネルソンさん
阿修羅さんの腕が六本あるわけ
阿修羅さんの頭が三面あるわけ
ネルソンさんを想えば
なにもかもが　わかる

たくさんの顔と
たくさんの腕を隠したまま
ひとつの顔と　ふたつの腕の形して
３４９１９７番の券を握りしめ
阿修羅さんに会いに行く

森の吠えごえ

戦争マラリアの記憶

波照間島《はてるまじま》の　プルマ山の森の
ガジュマル・福木《ふくぎ》・久葉《くば》の木の　葉たち
暗く光るのは
吸ったから　血
動物たちの　濃くて熱い　血

波照間島の　プルマ山の森に
流れて浸みた　動物たちの血は
生産をたすけて　働きつづけた　家畜たちの　血糊

波照間島の　プルマ山の森で
家畜を殺し　食ったのは兵隊
日本の兵隊
攻めてはこない　アメリカ軍を騙《かた》って

波照間島のプルマ山の森で
家畜たちは殺され　食べ物は奪われ
しまびとたちは　里から追われ　島から追われ
追い出したのは兵隊
日本の兵隊

波照間島の　プルマ山の森から
追われた島人
ハマダラ蚊の巣へと
たちまち病んだ　むごいマラリア

三六四七人が死んだ
しまびとは呼んだ　戦争マラリアと
三六四七人が死んだ

波照間島の　プルマ山の森で
一九四五年から
沸き起こる　ざわめき
風の吠え声
家畜たちの吠え声
戦争マラリアで
死んでいった吠え声

ヒビダのうた

三十五年前のこと
沖縄からきた女性から　一冊の絵本をわたされた

絵本の真ん中に　大きなおおきな　みどりの木
その下で　黄と黒の縞《しま》模様の　着物を着た　おばあと
子どもの　物語

三十五年来の願い叶《かな》って　与那国島の　ランチです
沖縄そば屋「わかなそば」
いきなり　わたしは　絵本の中

大きな　大きな　木の下に　ひんやりと涼しい竹の縁台
ねころんで　伸びをすれば　深い葉のかさなりの向こうを
ゆるゆると　雲が流れていくのです

「帰ってこられた」と思ったのです
なぜか　長い旅を生きて
やさしい　おおきな腕の中に　やっと

わたしを今　くらくおおう　福木の大木は
なにも語らず　立っているだけ
与那国をおそった　さいなん
軍神に祭り上げられ　利用された　純朴な若者のはなし
今この時にも　住民に知らせることなく　自衛隊基地を押しつけに
　くる政権のはなし
福木の大木は　なにも語らず　じっとわたしを　みおろすだけ

雲はゆるゆると流れて　沖縄そばの味わいは深く
ぞうりに素足　紺色の着物のおじいさんが
杖にすがりつつ　別れのうたをうたってくれる
ききわけられない　方言は　かなしみだけを　はらわたに
しみこませる
ありがとう　ありがとう
さようなら　さようなら

三十五年前の絵本よりも　ありがとうのいみ　さようならのいみ
少しは深く読みとれる旅人となって
ヒビダといっしょに　低くわたしもハミングする
ありがとう　ありがとう
さようなら　さようなら

＊ヒビダとは与那国方言で　山羊の意

みほちゃん

みほちゃんが　よろこんでいます
世界遺産になれたあ　と　いって
おじいちゃんが　毎朝　つれていってくれたの
潮風の浜で　おじいちゃんが話してくれたの

「天女が羽衣《はごろも》をかけた松が　これだよ」
「みほのうわっぱりも　かけてみようね」
「みほは　三保の松原の　みほなんだよ」

おじいちゃんは天女をおっかけて
もう　飛んでいっちゃったけど

着せてもらった　羽衣は
いまでもこんなに　ひらひら　ひらひら

みほちゃんは　おこっています
世界遺産の名称は
富士山─信仰の対象と芸術の源泉　なのよ
どうして　樹海をごみの海にするのよ
どうして　戦車が　月見草を　踏みしだくの
どうして　大砲の弾が　どてっぱらを　えぐるの

みほちゃんが　お勉強しています
山部の赤人は　詠《よ》みました
　田子の浦ゆ　うちいでてみれば　真白にそ　富士の高嶺に
　雪は降りける
在原《ありわら》の業平《なりひら》は　詠みました

時しらぬ山は　富士のね　いつとても　鹿子《かのこ》まだらに
雪のふるらむ
山岡鉄舟は　詠みました
晴れてよし　曇りてもよし　富士の山　もとの姿は
変わらざりけり
金子光晴は　いいました
あらいざらした浴衣《ゆかた》のような富士
深尾須磨子は　書きました
へん？　お富士さんだって？　ひとりお美しいお富士山
ここじゃみんなが　よごれてるんだよ

みほちゃんが針仕事をしています
青や緑や水色や　とりどりの糸で　刺すのは
天女と手をつないで飛んでいく
翼のはえた　おじいちゃん

ゼロの行列

十一億円て　一一《いちいち》の下にゼロが8《やっ》つ並ぶのよ
島を買っておくれって
おじさんの手の上に　あつまってくるのです
ザブンザブン　波立てて
ドブンドブン　かきまわし
ホラ　ヤッパリ　アブナイ
軍艦ダ　鉄砲ダ　ミサイルダ　迎撃機《げいげき》ダ
十万円て　一の下にゼロが5《いっ》つ並ぶのよ
もう七十三才だから

病気にも　ねらわれやすいことですし
ごはんをつくれない日がくるやもしれないし
年寄り子供私たちのためにお金を使うという
信用金庫に　あずけなおしてみたの

お金って　ゼロがならんでいるのです
戦車の列には　ならばない
大福まんじゅうの列に　ならぼうっと

ウーマンチェーン

二〇一五年一月十七日　取り囲みましょう

戦争をしましょう　とか　攻めて行くと平和になるよ　とか
だましことばを　列挙するひとたちを

いのちの赤でかこんで　正気にもどしましょう

おんなのひとが言ったので　ぼうしに真っ赤なつばきをぬいつけて
とりどり　赤で飾りたてて　ひろばにでかけていきました

「あなたは　ヴィオレットさん？」

「ヴィオレッタの　つばきは白　これは燃えている　つばきなの」

となりのひとにききました
「あなたのえりもとのふわふわは？」

「母ゆずりの帯あげ　べにかのこ絞りなの」


「わたしの帽子は　とうがらしの実　あなたのコートは？」

「赤しょうびんの羽」

「わたしのストッキングはヒヤシンスのつぼみ　あなたのスカートは？」

「きりりと締めた赤ふんどし」

手と手をつなげば　溶接される血管
もんどりうって　ながれてゆく血潮
駆けのぼってゆく　幟《のぼり》　動脈

東京大空襲訴訟原告団
全日本年金者組合
日本カトリック主義と平和協議会
経産省前テントひろば
沖縄・一坪反戦地主会　関東ブロック

つないだ手ぐさり　さしあげたり　おろしたり
もりあがる波がしら　くずれおちる波がしら

レッドカード　レッドカード　集団的自衛権
レッドカード　レッドカード　殺し合い
レッドカード　レッドカード　憲法破壊

レッドカード　レッドカード　秘密保護法
レッドカード　レッドカード　アメリカの奴隷
レッドカード　レッドカード　痾屁《あべ》政権
うねりまわる　あかのヴァリエーションの　どまんなか
鎮座する　議事堂
駆けこんでゆく
息きらし合唱する
♪コーラス　このいえの主人は　わたしたちです♪
捧げた花ごとにみちてくる甘露《かんろ》　のみほし

乱舞　らんぶ
太陽が　夜明けに着せかけた　うすぎぬにくるまれて
ほのお
ほのお
ほのお

解説　小田切敬子詩集『わたしと世界』
命の〈ほのお〉を見つめて

佐相　憲一

全身で内側から書く人、同時に全身で外側に向けて書く人、それが作者だろう。昨年、これまでの十一冊の詩集などから一五二篇を収録した『小田切敬子詩選集一五二篇』が刊行されたが、その解説文で私は次のように書いた。

〈「生き生きとしている」、この言葉こそ、この詩人の一番の特長ではないだろうか。生き生きしているというのは、閉じていないということだ。詩は本質的に自分自身の内奥との対話を通過した繊細なものであるから、表現過程でその先を誤ると、他者への通路を閉ざしたものに転化する恐れがある。小田切敬子さんの詩は閉じていない。繊細さと対外開放性をあわせもつその詩世界は、さらにこの人独自の個性と

思想を伴って、生き生きとした深いものを感じさせてくれる。〉

若い頃、金子光晴に詩の才能を評価され、内面深く見つめる繊細さと、外界の現実を動かす大胆さを共に長年にわたって展開してきた作者は戦前、一九三九年の生まれである。生き続ける中で、そして激動の時代の中で、さまざまに体験し、さまざまに書いてきた。その集大成としての昨年の詩選集を土台にして、また新たな詩集で人生と社会・世界をとらえ返している。生死の本質凝視と平和・社会テーマの融合詩集として、戦後七十年のいま、切実な一冊、『わたしと世界』である。

第Ⅰ章は、自分自身の人生の内省と、関わってきた人たちとの情景を、切実かつユーモラスな身体表現や、生死をまたぐ幻視イメージ、他者存在の印象深い刻印、などを絡めて繊細に展開している。

第Ⅱ章は、平和と環境（原発や沖縄など）の問題、社会的な視点の光る詩群だが、作者らしい独自の発想で、斬新な切り口を見せてくれる。冷静で能動的な批判精神と願いがほとばしっている。

この二つの章は対照的であって対照的でない。内側と外側が相互にリンクして、詩世界を個別的でありながら総合的で深く広大なところへ導いている。そのための表現の巧みさは言うまでもない。この詩集全体が、つまり、『わたしと世界』なのである。〈わたし〉個人の奥深くを見つめることは、〈世界〉の本質に関わることの原点でもあろう。Ⅰ章を書いた人がⅡ章を書いたこと、Ⅱ章を書いた人がⅠ章を書いたことに意義があり、しみじみ感と激しさ、かなしみと笑い、沈思と行動の複合体に、読者も飽きずに読めるのではないだろうか。その全体にかかる序詩として「鳴りはじめた」がある。全文を引用しよう。

鳴りはじめた

膝《ひざ》にのってくる猫
鼻翼《びよく》をかすめる蝶
柳にまつわりつく風

あれが　音楽だと
あとを追う視線
からだをたしかめる掌《てのひら》
首すじにはりつく頬

それが　音楽だと

舞いあがる髪
盛りあがる湖面
水琴窟《すいきんくつ》をうたわせる涙

これが　音楽だと

ほどかれた抱擁《ほうよう》の記憶が
今タクトを振りおろし
世界を　交響曲にかえる

命の動きそのものが、尊い音楽なのである。自然界も人間界も、生き生きとしたものへのいとおしみの光をとらえる道筋には、計り知れないかなしみがある。

Ⅰ章の「蝶」「虹色の血」「目の花」「胃への返信」といったすぐれた作品群は、老いて体に異変をきたした人の治癒の過程を丹念に面白く描いているが、死に直面することで人は、本当の青空の意味も知るのかもしれない。すでに亡くなった人々もよく見えるようになり、Ⅱ章で壮大に柔らかく強靭に展開される革命的精神も、原発や戦争や環境破壊や社会構造で苦しんだり亡くなったりする者のかなしみと願いを我がこととして感じるからこその説得力であろう。

老いることをテーマにした文学は巷に少なからずあるが、老いることで見つめ得たものを再生の光にした文学はそれほど多くはないだろう。小田切さんのこの詩集は生死の境を見つめたところから切実に発せられているのだが、不思議と明るくてすがすがしい。この生命への独特の感受性と対話性は、作者が長年、養護学校教師をしていたことなどにもつながっているだろう。生きてあることがどんなにすてきなことなのか、そんなせつないものも感じさせる詩集である。

詩集ラストの詩「ウーマンチェーン」は、街頭のシュプレヒコールを詩に取り入れた作品だが、命の象徴である女性性（男性の中にもある）をもって新たな世界を展望する中に、忘れられることのない、生き生きとした詩精神の〈ほのお〉がリフレインされている。肉体をもった生身の人間の声、その奥にさまざまな命の願いの〈ほのお〉がゆらめいている。

深い内省の味わいと、時代の先を見つめた能動的な語り、このすぐれた詩集がひろく読まれることを願う。

あとがき

生まれてくるまえから　風景は在った
いつでも　あとからたどりつき
めあたらしい器に　自分を溶かしいれた

愛したり　病んだり　怖れたり
どろどろに崩れ　やがて　かたまる

でこぼこのひずみのなかに
立っていようとするわたしをみつけて
手をさしのべ　詩を編んでくれたひと
ありがとう　詩界のまもりびとさん

待ってえ　詩よ
もっと　もっと　いっしょだよ～

二〇一五年　雨の季節に

小田切敬子

小田切敬子（おだぎり　けいこ）略歴

一九三九年　横須賀市浦郷生まれ

既刊詩集

『海とオルゴール』『花茣蓙』『流木』（壺井繁治賞）
『孟宗』『ナイチンゲールのうた』『川の多いまちで』
『もうひとつの椅子』『おかあさん』『ねこのかくれが』
『私・またはエルフードの一本のなつめやし』『憲法』

詩選集

『小田切敬子詩選集一五二篇』

詩人会議、ポエム・マチネ、の会員

現住所　〒一九五－〇〇六三　東京都町田市野津田町二一一－一

石炭袋

小田切敬子詩集『わたしと世界』

2015年8月2日初版発行
著　者　小田切敬子
編　集　佐相憲一
発行者　鈴木比佐雄

発行所　株式会社 コールサック社
〒173-0004　東京都板橋区板橋 2-63-4-209
電話 03-5944-3258　FAX 03-5944-3238
suzuki@coal-sack.com　http://www.coal-sack.com
郵便振替　00180-4-741802
印刷管理　（株）コールサック社　製作部

＊装幀　杉山静香

落丁本・乱丁本はお取り替えいたします。
ISBN978-4-86435-213-0　C1092　¥1500E